LA RÉCONCILIATION DES AUTEURS,

OU

LE TRIOMPHE DE LA VÉRITÉ.

Par M. DE LA VIÉVILLE.

Rien n'est beau...... que par la vérité :
C'est par elle qu'on plaît, & qu'on peut toujours plaire,
BOILEAU.

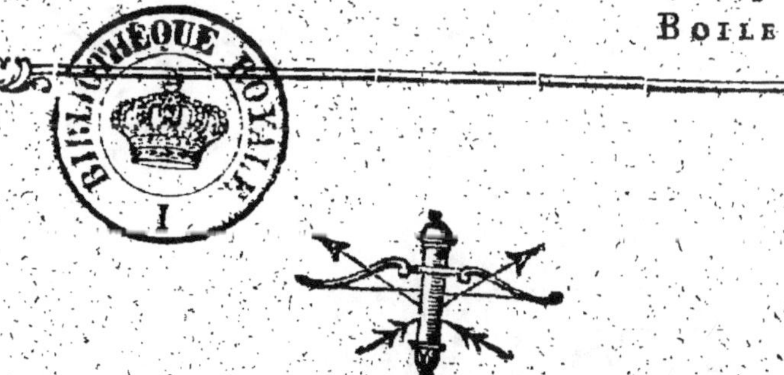

À AMSTERDAM;

Et se trouve à PARIS,

Chez L. JORRY, Imprimeur-Libraire, rue de la
Huchette, près du petit Châtelet.

M. DCC. LXXV.

AVIS.

SI le Public accueille cet Ouvrage, l'Auteur se propose, dans une seconde Édition, d'y joindre trois Estampes très-piquantes dont les Lecteurs intelligens pourront d'avance se former une idée vraiment pittoresque. Un Artiste célèbre (pourquoi ne pas le nommer ?) M. Eisen, se chargera de les faire exécuter avec beaucoup de soin.

AVANT-PROPOS.

LA nature de mon Ouvrage ne m'a point permis de diffimuler les défauts des Écrivains que je cite, mais l'on ne pourra me reprocher d'avoir gardé le filence fur leurs qualités.

J'ai dû ne citer que ceux qui ont eu des difputes, & je penfe qu'on me fçaura gré d'avoir mis en oppofition avec eux des Auteurs avantageufement connus dans la République des Lettres, & qui ont été affez prudens pour méprifer les Libelles, & n'y point répondre.

Si tous les Littérateurs marchaient fur les traces de ces derniers, les Aboyeurs du Parnaffe feraient fans Lecteurs, & fe lafferaient bientôt de leurs cris impuiffans.

ÉPÎTRE

DÉDICATOIRE

AU PUBLIC.

ON voit briller la Vérité
A la tête de mon Ouvrage,
C'eſt elle qui me l'a dicté :
Et c'eſt à toi que j'en offre l'hommage,
Juge ſans partialité.
On eſt à l'abri du naufrage,
Quand on te plaît : que font alors les cris
Des Zoiles gagés pour dépriſer un Livre ?
Enterré par nos ennemis,
Bientôt tu le feras revivre.
Homère eut beaucoup d'envieux ;
Mais ce ſublime & ce vaſte génie
Par ton ſecours ſortit victorieux ;
c'eſt un Soleil en Poéſie.
Vainement la Satire épuiſa tous ſes traits
Contre l'immortelle Enéide :

Quel Ouvrage eut plus de fuccès ?
Virgile était fous ton égide.
Du Théatre français Athalie eft l'honneur :
Cependant elle fut fifflée
Par une cabale aveuglée ;
Et ton nom, grand Racine, augmenta fa fureur.
La Phèdre de Pradon juftement avilie
Eut les plus zélés protecteurs ;
La Phèdre de Racine où brille le génie
Trouva les plus froids défenfeurs.
Le Mifanthrope de Molière,
Dans fa naiffance déchiré,
Toujours nouveau, toujours plus admiré,
A défarmé le critique févère.
Ainfi tous ces mortels fi baffement jaloux,
Qui d'un Auteur divin font un Auteur vul-
gaire,
N'empêcheront point qu'après nous
On admire encor plus Voltaire.
Trop vrai pour flatter les Auteurs,
Sur leurs défauts je n'ai point dû me taire ;
Si mes tableaux font dignes de te plaire,
C'eft à toi feul d'en fixer les couleurs.

LA RÉCONCILIATION
DES AUTEURS,
OU
LE TRIOMPHE
DE LA VÉRITÉ.

Lasse des combats littéraires
Que se livrent tous les Auteurs,
De ces critiques trop amères
Qui ne citent que les erreurs,
De ces méprisables Zoïles,
Fléaux des enfans d'Apollon,
Qui dans leurs Satires futiles
Répandent le plus noir poison :

A iv

La Vérité, cette aimable Déesse,
Raſſembla l'autre jour tous les hommes d'eſ-
　　prit,
Et s'adreſſant à la troupe, elle dit :
A votre ſort, Meſſieurs, je m'intéreſſe,
　　Mais je réclame ici mes droits.
　　Mon Temple eſt une vaſte enceinte :
　　On vous y voyait autrefois
　　Me rendre un culte ſans contrainte ;
　　Vous avez déſerté ma Cour,
　　Et bien-loin d'en tirer vengeance ,
En vous interrogeant chacun à votre tour,
Je veux vous voir rentrer ſous mon obéiſ-
　　ſance.
　　Il n'eſt point ſans moi de bonheur :
　　Tout s'embellit par ma préſence ;
Si vous ſuivez mes loix , au fonds de votre
　　cœur
　　Vous trouverez ma récompenſe.
　　Devant mon tribunal ſacré
　　Apprêtez-vous à me répondre ,
　　Et ſouvenez-vous qu'à mon gré
　　D'un ſeul mot je peux vous confondre.

O toi ! qui fais tant d'envieux
Et qui dès la plus tendre enfance,
Par un essor audacieux (1),
Sçus étonner toute la France,
Dont les écrits toujours nouveaux
Ont un charme qui nous attire ;
O toi ! que de lâches rivaux
Ne cessent en secret d'admirer & de lire :
Poëte, Historien, Philosophe, Orateur,
Et dont la Muse octogénaire
Conserve toute sa chaleur,
Esprit universel !... approche, cher Voltaire,
Et réponds-moi. Penses-tu que Fréron,
Qui dans chaque Feuille te nomme,
Soit vraiment un malhonnête homme,
Et sans aucun mérite ? — Non.
Pourquoi donc dans ton pauvre Dia-
ble (2),
Le traiter d'écumeur des bourbiers d'Hélicon,
Le peindre en monstre abominable,

––––––––––––––––––––––––––––––

(1) Personne n'ignore qu'il a fait la Henriade à
18 ans.
(2) Pièce fugitive de M. de Voltaire.

Et le donner pour un Giton ?
Nous t'avons vu dans une Comédie (3)
Le déchirer à belles dents.
Si Fréron contre toi fait siffler les serpents
Et de la haine & de l'envie,
Si chaque jour il ôte quelque fleur
A ta couronne si brillante,
Ne te plains pas de cet Auteur (4),
Elle est toujours éblouissante !
Qu'a de commun la probité
Avec cet art divin de peindre ce qu'on pense ?
Par toi Fréron tant maltraité,
Sans doute eût bien mieux fait de garder le
silence.
Si la peinture de ses mœurs
N'est qu'un effet de ta vengeance,
Gémis de ton extravagance,
Viens à mes pieds rougir de tes erreurs.

✺

(3) L'Écossaise.
(4) Son ressentiment n'est pas déplacé ; le pardon des injures est un miracle qui s'opère bien rarement.

QUE t'avait fait l'Auteur d'Emile,
Pour te déchaîner contre lui,
Et crayonner un Poëme stérile (5)
Loin de lui prêter ton appui ?
Eh ! que ne restais-tu tranquile ?
Comment, c'est d'Arouet qu'il reçoit un af-
front !
Soit pour l'esprit, soit pour le stile,
Vous marchez tous les deux de front (6).

POURQUOI l'Auteur de la Chartreuse
Par toi fut-il si maltraité ?
Poëte délicat, sa Muse ingénieuse
A droit à la célébrité (7).
Que nous font ses palinodies (8) ?

----

(5) La guerre de Geneve.

(6) A cet égard j'aurai peu de contradicteurs.

(7) M. Gresset occupe un rang distingué dans la Littérature, & M. de Voltaire a eu tort de le ridiculiser.
Dans les mains des Auteurs prévenus l'instrument le
plus déplacé, c'est la balance.

(8) Dans son pauvre Diable, M. de Voltaire a dit :

> Gresset, dévot, long-tems petit badin,
> Sanctifié par ses palinodies, &c.

Rendons justice à son talent.
Du Comte de Ferney toutes les Comédies (9)
Sont bien au-dessous du Méchant.

※

LE Franc de Pompignant un peu trop
égoïste (10),
Est un Auteur intéressant ;
Il a du nerf, il est même puriste ;
Dans tes ouvrages cependant
Sur ses écrits, son goût, & sa naissance,
Voltaire, que n'as-tu pas dit (11) ?
Crois-moi, la douceur, l'indulgence
Sont les preuves d'un bon esprit.
Il fallait imiter du tendre Fontenelle (12)
Le silence pour ton bonheur :

---

(9) Les Comédies de M. de Voltaire sont charmantes : mais en a-t-il une de caractère ?

(10) C'est un reproche mérité qui n'éclipse ni ses talens, ni ses qualités personnelles.

(11) Voyez entr'autres choses son Russe à Paris.

(12) On se rappelle sans doute ce beau vers de M. de la Harpe :

Ton silence & tes ans ont fatigué l'envie.

Si la vengeance plaît, elle laisse après elle
Un vuide affreux dans notre cœur.

❈

CITOYEN de Geneve, éloquent Moraliste,
Dont les mâles écrits étonnent les Lecteurs,
    Tu te montras l'Antagoniste
    D'un des plus célèbres Auteurs (13)
Pour vous juger j'ai tenu la balance :
    Par vos Mémoires scandaleux
    Vous avez amusé la France,
    Mais vous avez tort tous les deux (14).
    Qui s'en rapporte à l'apparence,
    Se trompe bien facilement.
    Croyons le mal sur l'évidence :
    On le croit trop légèrement !

❈

————————————————————————

(13) M. Hume. Son Histoire d'Angleterre est un chef-
d'œuvre, tous les Sçavans en font le plus grand cas.

(14) M. Hume & l'Auteur du Contrat social ont eu
une dispute connue, je crois, de l'univers. Quand on
veut y réfléchir de bonne foi, on voit que les plus
grands hommes ne font point à l'abri des égaremens
du cœur & de l'esprit.

  T o i qui dans une Comédie (15)
  Ridiculisas tant d'Auteurs,
Et dans une Satire où brille l'harmonie (16)
  D'une fille noircis les mœurs (17) :
  Des Écrivains la République
  T'accuse aujourd'hui devant moi.
  On peut par fois être caustique :
Mais pourquoi Marmontel (18), Dorat & du
  Béloi (19)

---

(15) Celle des Philosophes.

(16) La Dunciade. La versification en est fort belle. On ne peut sans injustice refuser à M. Palissot le titre de Poëte. Cette production n'est pas seche, comme quelques Auteurs l'ont prétendu ; il y a même autant d'imagination qu'il y a peu de vérité.

(17) Mademoiselle de Riccoboni est accusée, dans le troisieme chant de l'édition de 1764, d'avoir fait un enfant.

(18) C'est un homme de mérite. Ses Contes sont délicieusement écrits : que la morale en est douce ! Il faut en convenir, on a de la peine à lire les autres après les siens. On trouve même dans sa Poétique critiquée par tous les Auteurs, de quoi faire son éloge.

(19) Il a une si grande connoissance du Théâtre, ses plans sont si bien faits, qu'on oublie la versification pour se livrer tout entier à l'illusion.

Sont-ils l'objet de ta Satire?
Devois-tu rappeller de d'Arnaud-Baculard
Cette épître plaisante, enfant de son délire (20)?
Ma foi, c'est s'y prendre un peu tard.

L'AIMABLE Colardeau toujours nous inté-
reſſe (21):
Que son ſtile eſt harmonieux!
S'il ne peint pas bien la tendreſſe,
Dis-moi, qui peut la peindre mieux?

DANS ton chant du ſifflet la ſtupide Déeſſe
A Fréron place à tort deux aîles de travers (22);

---

(20) Il faut aimer à ridiculiſer les gens, pour citer cette Pièce, les Ouvrages de M. d'Arnauld, Auteur délicat, ſont en grand nombre & même eſtimés. En liſant le Comte de Comminges, &c. on deſire lui voir chauſſer le cothurne.

(21) La Lettre d'Héloïſe à Abailard a fait oublier toutes les Pièces en ce genre qui avaient paru avant elle, & a même enterré toutes les Héroïdes qui ont été faites depuis.

(22) Si cette plaiſanterie était tombée ſur un Pradon, elle ſerait impayable.

Quand il le veut, il plaît par l'esprit, la justesse :
Aux plats Auteurs c'est lui qui les met à
l'envers.

D I D E R O T, cet esprit sublime (23)
N'est qu'un Auteur commun... sois donc de
bonne foi.
Va, Palissot, la raison & la rime
Bien rarement sont d'accord avec toi.

Du despotisme affreux, pere de l'esclavage,
Toi qui vantas parmi nous les horreurs,
Et nous peignis avec tant d'avantage
Ses agrémens & ses fausses douceurs (24);

---

(23) Il a l'imagination vive, & ses connoissances sont
profondes : il faut beaucoup d'esprit pour le lire.

(24) Cet Auteur a donné au Public un volume de
Lettres dans lesquelles il vante l'état despotique, &
le met au-dessus des autres. Il ne faut pas réfléchir bien
long-tems pour sentir le ridicule de cette préfé-
rence.

Dans

Dans l'art de la parole, art que chacun ad-
                    mire,
Toi qui dois le céder à Gerbier hautement,
        Comme Gerbier dans l'art d'écrire
            Te le cede publiquement ;
Mortel insidieux & toujours satirique (25),
Esprit chaud, éloquent, inégal, emporté,
    Connaissant peu les loix de la Logique ;
    Linguet enfin : dans ta vivacité
Pour avilir Dupont (26) avec quelle impru-
                    dence
N'as-tu pas rassemblé tous les mots diffamans?
        Tu nous en créas d'indécens (27)
            Pour satisfaire ta vengeance,

---

(25) Peut-être M. Linguet, en s'exerçant sur mon compte dans sa Gazette de Littérature, ajoutera-t-il une nouvelle preuve à cette vérité ; au reste, s'il me critique avec raison, je profiterai de ses conseils ; si la mauvaise humeur se montre seule, j'ai indiqué le cas que l'on doit faire des Libelles, & je ne me démentirai pas.

(26) Auteur des Éphémérides du Citoyen.

(27) Il appelle M. Dupont menstrue littéraire.

B

On vit alors Dupont montrer les dents ;
Contre toi s'escrimer & d'estoc & de taille ;
Eh bien ! aucun des deux n'a gagné la bataille,
Et le Public a ri des combattans.

Jeune Auteur que fêta Voltaire (28),
Qui nous donna Warwick avoué d'Apollon,
Dans une critique sévère
Quand tu peignis Dorat (29) comme un petit
garçon,
Ce Poëte charmant & si bien fait pour plaire ;
Quand tu citas le jeune Blin
Comme un Littérateur vulgaire
Et le plus stupide Écrivain,
Et déprisant sa Tragédie (30)
Tu ne montras que le mauvais,

---

(28) M. de la Harpe a passé quelque tems chez M. de Voltaire : il était chéri de ce grand homme.

(29) Ses ennemis n'ont qu'un reproche à lui faire : c'est de courir après l'esprit ; mais c'est peut-être l'esprit qui court après lui.

(30) Orphanis. Rien ne prouve mieux l'abus de l'es-

Tu vis alors Fréron avec succès
Nous chanter la palinodie.
Tous les deux vous aviez raison ;
Mais il falloit, la Harpe, être sincère :
Relever le mauvais, sur-tout citer le bon ;
Par ce moyen on ne sçaurait déplaire.

✖

Pourquoi le jeune Sautereau,
Le Rédacteur de l'Almanach des Muses,
(Qui lui rapporte plus qu'un ouvrage fort
beau) (31),
Est-il par toi traité comme on traite des
Buses ?

---

prit que les deux extraits que nous ont donnés de cette Tragédie, MM. de la Harpe & Fréron. Tout ce qu'a cité le premier est mauvais, tout ce que rapporte l'autre est fort bon ; dans ces deux Critiques je vois un esprit de parti.

(31) L'Almanach des Muses a valu à son Rédacteur dix-huit cens livres de rente. Combien il faut donner d'ouvrages au Public, avant d'en gagner autant !

B ij

Le Public de lui n'a rien vu (32).
Est-ce une raison suffisante
Pour qu'il ne soit jamais connu ?
Ta partialité souvent est révoltante.

❈

ROCHER (33) que l'on ne connaît pas
Bien qu'Apollon monte sa lyre,
Dont la Muse pleine d'appas
A sa manière dit tout ce qu'elle veut dire,
Et dont le magique pinceau
Étonne, plaît, agite, enflamme :
Rocher qui pénètre notre ame
Et qui finit si bien chaque tableau,
Aura sur le Parnasse une place choisie.

---

(32) Il travaille à un Ouvrage en prose, dont j'ai vu le commencement qui me donne une grande idée du reste.

(33) Jeune homme plein de feu, qui donne dans le genre épique. Il doit bientôt livrer à l'impression un Poëme intitulé *les Mois*. Ses descriptions sont si bien faites, que M. Doyen, connu par ses talens & son esprit, en l'entendant, s'écria : il est plus Peintre que moi !

Ainsi le feu qui couve fort long-tems
S'annonce enfin par des volcans,
Et produit un grand incendie.

�

LA raison, Sautereau, te guide très-souvent
Dans tes notices des Ouvrages (34) :
Tes remarques sont assez sages,
L'esprit sur-tout y brille à chaque ins-
tant (35) ;
Mais tu n'es pas toujours sincère ;
Par fois, pour t'égayer, tu lâches des bons
mots (36) :

---

(34) Comme le Public a souvent prononcé avant lui, ce n'est point une besogne difficile.

(35) Je rappellerai pour preuve & pour exemple une plaisanterie fort saillante à l'occasion de l'Épître au Roi, sur l'incendie de l'Hôtel-Dieu, par M. Marmontel, vendue au profit des pauvres. M. Sautereau après avoir dit qu'elle est une des moins bonnes de cet Auteur, ajoute, *quand on fait l'aumône, on donne de la petite monnoie.*

(36) Si l'on ne disait que du bien, il serait difficile de les multiplier.

On te voit tour-à-tour indulgent & sévère,
   Et quand tu cites tant de sots,
   Le Public t'accuse d'en faire.

   DANS tes trois Siecles, Sabatier,
      Tu prends de l'humeur & m'en donnes :
Tu passes en revue au moins six cens per-
         sonnes
Sans en dire du bien : ah ! le vilain métier (37) !

---

(37) Il paraît que le sieur Sabatier a pris à tâche de vanter les Auteurs anciens, & de fondre avec indécence sur les Modernes. Son Ouvrage n'a aucune espèce de mérite ; c'est un Dictionnaire inutile & sottisier, dans lequel on n'apprend pas même à connaître les Auteurs ni leurs différentes productions ; il est d'ailleurs mal écrit. On y rencontre souvent des négligences, des répétitions assommantes, & une sécheresse de critique qui ne donne pas une haute idée de ses talens. Quel Auteur peut être flatté du suffrage d'un homme qui déchire les Voltaire, les Jean-Jacques, les d'Alembert, les Diderot, &c. &c. &c.

N. B. Que j'aurai mon article dans sa nomenclature, si toutefois le mauvais goût peut donner lieu à une troisieme édition.

Maints Auteurs que tu timpanifes
Sont reçus au facré vallon,
Et les femmes que tu déprifes (38)
Le font bien fouvent fans raifon.
La Henriade & Mérope & Zaïre,
Sémiramis, Tancrede, Mahomet,
Et la Mort de Céfar & la touchante Alzire
A tes yeux n'ont rien de parfait ;
Pour toi le plaifir de médire
Se manifefte hautement ;
Sabatier, fi tu veux inftruire,
Sois plus doux & plus indulgent.
Si j'applique le microfcope (39)
Pour obferver l'objet le plus charmant,
Je ne vois plus qu'une informe envelope
Et je recule promptement.

※

(38) La rigueur pour les productions du beau fexe eft une injuftice. M. Fréron a fpirituellement dit :

« Les Graces doivent fe contenter d'avoir pu fou-
» lever la maffue d'Hercule ».

(39) Les Critiques de mauvaife foi en ont imaginé un que la Phyfique n'imitera jamais ; il ferait difficile de rendre à quel degré il groffit les objets.

    Toi qui dans ton effervescence
    Fis le Carnaval des Auteurs (40),
    Sans doute une telle imprudence
    Fut le produit de tes malheurs ;
    Irrité contre la fortune,
    Dans les accès de ton dépit (41),
Tu confondis dans la classe commune
    Les sots avec les gens d'esprit.
Mais lorsque la raison, par Gilbert outragée,
Viendra sur cet écrit un jour ouvrir ses yeux,
Par son vrai repentir elle sera vengée.
Gilbert soupirera des sons mélodieux (42),

---

(40) Pièce en prose dans laquelle on fait fustiger les plus grands génies de ce siecle. M. d'Alembert, célèbre Mathématicien, connu d'ailleurs par d'excellentes productions & le désintéressement le plus rare, en a sa part : il n'y est regardé que comme un simple Calculateur.

(41) Il ne sçavait alors de quel côté donner de la tête ; son Libelle prouve qu'il la perdit tout-à-fait : il est maintenant plus raisonnable.

(42) Avec moins de prévention, il peut aller loin. Ce qu'il a donné jusqu'à ce jour est rempli de beaux vers, de descriptions délicieuses, de belles images : mais cela ne suffit pas pour établir la réputation d'un Auteur ; il faut de l'ordre & de la justesse dans les idées.

Sur le plus noble ton il montera sa lyre,
Il le peut : c'est alors que son mâle cerveau
　Aisément pourra nous produire
Des vers aussi-bien faits que ceux de Colar-
　　　　　deau.

❋

Peu jaloux de cette couronne
Que plaça sur ton front Gilbert,
Tu sçus, jeune & modeste Imbert (43)
La déposer près de mon Trône.

------

(43) il mit dans le Mercure de France une fable in-
titulée la Pie & le Souriceau, qui suffisait bien pour
venger les grands hommes outragés par le sieur Gilbert : je la rapporterai ici en entier.

LA PIE ET LE SOURICEAU.

Des animaux avaient un jour
Porté les Arts dans leur Patrie.
Ils avaient mainte Académie ;
　　Or une Pie
　　Jeune, étourdie,
Qui faisait aux Muses sa Cour,
Loin de chercher les palmes du génie,
Entreprit de juger ses Juges à leur tour,
Fière de cet effort de goût & de courage,
Elle alla voir le Souriceau,
Qui logeait dans son voisinage,

Par ta tournure & ta simplicité,
Ce Fabuliste inimitable,

　　　Ami, dit-elle, du nouveau;
A tous nos beaux-esprits je vais lire un Ouvrage
Où chacun est tancé..... viens, j'y vais à présent;
Cet Ouvrage d'ailleurs a de quoi satisfaire
　　Ton amour-propre: il est, ma foi, plaisant,
　　　　　　Et pourtant
　　Je crois fort qu'on n'en tira guère.
Au Senat littéraire ils s'avancent tous deux:
　　A grands cris aussi-tôt la Pie
　　Lit cet Ouvrage, où, cités & jugés
　　Les beaux-esprits, par un arrêt impie
　　Étaient honnis & même fustigés:
　　　La scène était un peu hardie.
　　　On cria beaucoup à ce trait.
　　　Deux lignes plus bas il couronne
　　　Le Souriceau, bonne personne,
　　　Mais qui n'avait encor rien fait,
　　Ou presque rien. On rit un peu. Que faire?
　　Ce n'était pas tout-à-fait sans raison.
La lecture finie: eh! bien, cher compagnon,
Dit la Pie, ah! ma foi, c'est te traiter en frère!
Hélas! que t'ai-je fait pour me traiter ainsi,
Répond le Souriceau tout honteux de la fête?
— Parbleu: de beaux lauriers j'ai couronné ta tête,
　　Et tu te plains! —ah! grand merci.
　　A ce cadeau je ne m'attendais guères
Quand nos Maîtres ici sont fustigés par toi,
　　Ne vois-tu pas bien que c'est moi
　　Qui reçois seul les étrivières?

M. Imbert a débuté par le Jugement de Pâris, Poëme

Ce Conteur toujours agréable,
Est présentement imité.
Ton stile ne sent pas le travail & la peine:
Avec naïveté tu nous peins chaque objet;
Digne héritier du charmant Lafontaine,
Il t'a confié son secret.

DE la séduisante peinture,
Toi qui nous décrivis les rapports enchan-
teurs,
Et du mélange heureux des plus vives couleurs
Nous vantas en beaux vers la brillante im-
posture (44)

---

très-bien versifié & fort intéressant ; il a donné ensuite un volume de Fables qui sont pour la plus grande partie de son invention ; depuis il a fait imprimer un volume de Contes, tous les Journalistes en ont fait l'éloge.

(44) Ce Poëme est fort bien versifié. Il fallait beaucoup de hardiesse pour se présenter dans la carrière. Malgré toutes les critiques qu'on en a faites, il faut convenir que M. Lemière mérite des applaudissemens.

Dans le genre léger, Auteur toujours char-
    mant (45),
Toi qui de Melpomène & l'aimable Thalie
Ne fus jamais reçu si favorablement (46)
    Que tu le fus de Polymnie :
    Pourquoi le Fabuliste Aubert
Exerça-t-il ta verve satirique ?
    A l'examen sans doute il perd (47) :
Mais quel mortel est exempt de critique ?
Si l'émulation fait germer les talens,
La sotte vanité les empêche d'éclore ;
    Faisons tout pour qu'on nous honore,
Et gardons-nous des propos indécens.

---

(45) Lisez ses Pièces fugitives.

(46) Toutes ses Tragédies sont extrêmement faibles.
On peut avoir beaucoup de mérite, & n'être pas en
état de chausser le cothurne. M. de Voltaire l'a dit :

    Tel brille au second rang, qui s'éclipse au premier.

(47) Il s'en faut bien que toutes les Fables de cet
Auteur soient de la même force : mais n'en eût-il qu'une
douzaine marquées au bon coin, il passera toujours
pour un homme d'esprit.

O toi ! dont le nom jure avec le caractère,
Clément, dont les écrits ont pourtant des
    beautés,
  Plusieurs Auteurs, mais entr'autres Vol-
    taire
  Indignement par toi sont maltraités (48).
    La haine conduisit ta plume,
    Quoi ! sur chaque défaut cité
    Tu nous enfantes un volume ?
    Malheureuse fécondité !
    Si ta censure fait époque,
    Je veux qu'un Auteur quelque jour
    En te rendant le réciproque
    Te ridiculise à ton tour.
Le Critique sincère est doux dans son lan-
    gage ;
Il trempe dans le miel les traits qu'il veut
    lancer ;

---

(48) Il s'amuse à relever les erreurs de M. de Voltaire.
L'humeur perce & les invectives en sont une suite. Si
ce grand homme avait moins d'ennemis, j'annonce-
rais bien le sort de ces lettres froides comme le grand
hiver, mais ils en faciliteront le débit. Sabatier lui-
même en est scandalisé.

Soit qu'il refufe ou donne fon fuffrage,
De rigueur, d'indulgence, on ne peut le
　　taxer.

On fe rappelle encor avec quelle indécence
　Se font quittés de la Porte & Fréron (49),
　Ces vers mordans, ces couplets de chan-
　　fon
　　　Répandus dans toute la France.
　　De ces ridicules combats
　　Chacun s'eft contenté de rire,
　　Mais à la fin tous ces débats
De la Littérature aviliront l'empire.
　　Eh ! que ne fe font-ils pas dit ?
　　Aucun des deux ne fut en refte ;
　　Oui, le préfent le plus funefte,
　　Quand on s'en fert mal, c'eft l'efprit.

---

(49) MM. de la Porte & Fréron travaillaient enfem-
ble à l'Année Littéraire : ils fe font brouillés, & le Public a été inondé d'Épigrammes fanglantes ; les gens
fenfés après les avoir lues, levaient les épaules.

Interprête de la Nature,
Toi qui nous as si bien dévoilé ses secrets,
Admirable Buffon (50) la gloire des Fran-
        çais ;
    Grand par l'esprit, la candeur, la droi-
        ture,
Par tes savans Écrits nul ne fut insulté :
Ton nom, si révéré dans la Littérature,
    Sera chéri de la race future,
Et passera sans tache à l'immortalité.

❋

    DIGNE de marcher sur sa trace,
Savant d'Angiviller (51), méprise les accens
    De ces insectes bourdonnans
    Qui déshonorent le Parnasse.
    Pour rendre ton nom glorieux,

---

(50) M. de Buffon n'est pas sans ennemis, puisque
c'est le mérite qui les attire ; mais il a dédaigné de
répondre à des traits satiriques & d'en lâcher lui-même.
Nous n'avons pas d'exemple d'un stile aussi soutenu ;
c'est le Pline de la France.

(51) Successeur de M. de Buffon.

Prends ton élan sans mesurer l'espace ;
Imite l'aigle altier : a-t-il atteint les cieux ?
C'est en planant qu'alors il se délasse.
Vus de très-haut nos ennemis
Décroisent en raison du quarré des distances :
On rit de leurs extravagances,
Dans la vague des airs sont perdus tous leurs
cris.
Que ta surprenante mémoire (52),
Ingrate pour tous ceux qui se sont compro-
mis,
Ne te rappelle pour ta gloire
Que la foule de tes amis (53).

DES Géorgiques de Virgile,
O vous ! qui déprisez le Savant traducteur,

---

(52) On dirait qu'elle est à son commandement,
Que ne doit-on pas attendre d'un homme qui réunit
à un si grand avantage l'amour du travail, des con-
naissances en tout genre, & beaucoup d'esprit !
(53) Il en a beaucoup & mérite d'en avoir.

Apprenez

Apprenez que le goût, l'esprit, & la chaleur
Font tour - à - tour briller l'ingénieux de
Lille (54).

Heureux dans le choix de ses mots,

Aux termes les plus durs, il ôte la rudesse,

Et les plaçant fort à propos,

Il leur donne un air de noblesse.

✺

Nous peint-il sous le joug deux taureaux
vigoureux

Par des efforts égaux promenant la charrue?

Je vois le soc paraître, ensuite il forme un
creux,

Et la terre bientôt le dérobe à ma vue.

✺

Sous des arbres altiers dont les rameaux
touffus

Forment le plus épais feuillage,

____

(54) M. de Lille jouit, dans la République des Lettres, d'une réputation éclatante : si Virgile revenait par-
mi-nous, peut-être ne verrait-il pas sans jalousie son
Traducteur.

C

S'il peint les Voyageurs de fatigue abattus,
Il me semble être assis avec eux à l'ombrage.

※

S'il nous décrit la vigne & son utilité,
Il montre par dégré le soleil qui la frappe,
Et nous conduit au point où nous touchons
          la grappe
     Dans toute sa maturité.

※

Pour remporter le Prix dans les Jeux olym-
          piques,
Entre tous les chevaux, s'il indique le choix,
Et s'il trace pour eux quelques soins domes-
          tiques,
     Suivez exactement ses loix.
     Présentez-vous après dans la carrière.
Défiant l'aquilon, votre courfier fougueux
Sous quatre forts jarrets fait voler la pouf-
          fière,
Eût-il mille rivaux, il arrive avant eux.

※

AH ! qu'il rend bien la Monarchie
Du Peuple voltigeant qui prépare le miel !
Quand l'azur embellit le ciel
Il s'égare dans la prairie :
Sur la rose vermeille il va se délaffer ;
Et la Reine des fleurs devient fa tributaire :
Elle entr'ouvre fon fein pour lui faire fucer
Le baume qui la rend fi chère.

※

TOI qui, fuivant ton caprice & ton goût,
A ton gré fais valoir un Auteur pitoyable,
Et fçais auffi pouffer à bout
Un Littérateur estimable (55) :
Toi qui ferais à tous les yeux
(Si l'efprit fuffifait pour l'être)
Un Critique judicieux (56) :
Qui t'empêche de le paraître ?

____

(55) Il n'y a point ici d'exagération.

(56) Je ne connais perfonne capable d'analyfer un ouvrage mieux que lui ; il a le tact d'une fineffe extrême.

A quoi sert cette dureté
Quand tu rends compte d'un Ouvrage?
Fais, si tu veux, briller le sel de la gaieté,
Ne va jamais jusqu'à l'outrage.
Pour les Auteurs toujours sans partialité,
Même en les critiquant, mérite leur estime;
Sois, ainsi que tu l'es dans la société (57),
Modeste, intéressant, sans fiel, & sans vic-
time.
En homme instruit, intelligent,
Tu suis un Auteur qui s'égare
Et le remets dans son chemin souvent (58);
La nature prodigue, & tour-à-tour avare,
De la saine raison t'a donné le flambeau :
N'abuses point de ce présent si rare,
Et plains tous les mortels nés avec un ban-
deau.

---

(57) M. Fréron, de l'aveu de tous ceux qui le con-
naissent particulièrement, est l'homme le plus aimable en société : & l'on pourrait en tirer cette consé-
quence : que sa méchanceté est l'ouvrage de son esprit, & n'a point sa source dans son cœur.

(58) Il est vraiment Logicien.

Laiſſe en paix ces eſprits que l'univers ad-
mire.
Si tu n'attaches pas des lauriers ſur le front
Du ſublime Écrivain qui nous donna Zaïre,
    Au moins ne lui fais pas l'affront
    D'arracher ceux que ſur ſa tête
Apollon a placés pour prix de ſes travaux (59);
Des neuf ſçavantes Sœurs il a fait la con-
    quête,
Et de nos jours il n'a point de rivaux.

    THOMAS, ſi nous voulons t'en croire,
    Eſt un mince Littérateur :
    Il n'a ni goût, ni ſuite, ni chaleur (60),
    Selon toi, c'eſt un fait notoire.

---

(59) Il n'eſt point facile d'y parvenir, c'eſt même une choſe impoſſible. M. Fréron pouvait ſe venger de M. Voltaire, comme l'a fait M. Dorat, en en diſant du bien. L'acharnement qu'il fait paraître dans toutes ſes Feuilles prévient contre l'Auteur de l'Année Litté-raire, & ſes traits qui s'émouſſent les uns contre les au-tres, ſont trop faibles pour atteindre juſqu'au Chantre de Henri.

(60) M. Thomas eſt un homme plein d'eſprit. On deſi-

Ses éloges si beaux & souvent couronnés
Ne sont pas dignes qu'on les cite :
Ses vers n'ont pas le plus petit mérite,
Ils sont même tous mal tournés.

BEAUMARCHAIS ne sçait pas écrire (61) :
Ses Mémoires divins, maintenant défendus,
Attestent ce trait de satire.
Où ne sont-ils pas répandus ?

---

rerait effectivement plus de suite quelquefois dans ses idées. Ses Ouvrages sont remplis de ces phrases précieuses qui frappent d'abord, mais qu'on ne peut soumettre à un examen scrupuleux, sans les voir comme de vieilles coquettes. Avec un peu de réflexion, cet Académicien estimable peut éviter ces défauts. Ne pourrait-on pas dire de sa Muse ce que M. de Voltaire dit de celle de M. de Fontenelle, dans son Temple du goût :

> Ne la gâtez point par le fard,
> Sa couleur est assez brillante.

(61) En rendant compte d'Eugénie, M. Fréron s'écrie : est-il possible qu'on écrive de cette sorte au dix-huitième siècle !

Je crois te voir, pour mieux les lire,
Dans ton appartement te retirer exprès,
Confirmer un si grand succès,
Et tout seul éclater de rire
A ses plaisans & grotesques portraits.
Quelle richesse de peinture!
Tous ses tableaux sont si bien faits,
Qu'on y reconnaît la nature (62).

❈

FRANÇOIS qui fit des vers fort beaux
Dans l'âge où l'oreille engourdie
Distingue à peine les tons faux
De la touchante mélodie:
François de Neufchateau qui n'eut point de
hochet:
Lui que l'on a vu dans l'enfance
Sur la lyre former l'accord le plus parfait,
Que l'immortel Voltaire encense,
Est on ne sçait pour quoi vanté;

____

(62) La question est maintenant résolue : M. de
Beaumarchais sçait bien écrire.

Efprit fort ordinaire, il n'a qu'un mauvais
ftile.
Si Voltaire, Fréron, ne l'eût jamais flatté,
Tu n'aurais point fur lui tant répandu de
bile (63).
Dans tes Feuilles, Warwick, peu fait pour
voir le jour,
Eft à tort décoré du nom de Tragédie :
C'eft une froide rapfodie
Qui devait naître & mourir en un jour (64).

---

(63) M. François de Neufchateau, attaqué du côté
de l'honneur, fit un Mémoire pour fe juftifier. Cet écrit
tomba entre les mains de M. Fréron qui fe déchaîna
contre ce jeune Auteur. Ne craignons pas de le dire,
l'honnêteté voulait que le Critique fe tût : ce n'était
pas là l'occafion de déprifer cet agréable Poëte. Il fallait laiffer le champ libre aux combattans. Quand deux
Athlètes font dans la lice, je juge des coups qu'ils fe
portent : mais fi j'émouffe les traits d'un des deux, je
commets une injuftice criante, & l'on m'accufe avec
raifon de vouloir faire triompher l'autre.

(64) Si M. Fréron avait voulu faire un extrait de
Warwick dans le genre de celui qu'il nous a donné

Si tu voulais, Fréron, être sincère
 Et rendre justice aux Auteurs,
 Tu conviendrais, qu'après Voltaire,
 La Harpe a droit à nos honneurs (65).

❈

QUELQUEFOIS ton esprit, un peu trop didac-
 tique,
Aligne méchamment chaque phrase au cor-
 deau ;
Ce moyen peut fournir beaucoup à la cri-
 tique :
Sous la froide analyse on obscurcit le beau.
Gardons-nous d'approcher de trop près la
 lumière
 Des yeux faibles & délicats :

---

de la Tragédie de M. Blin de Saint-More, il aurait cité de très-beaux vers, des descriptions délicieuses, & les situations les plus touchantes.

(65) En fait de Tragédie. Le regne des bons Auteurs tragiques est fini : & depuis M. de Voltaire, je ne connais pas de meilleure Tragédie que celle de Warwick analysée sans prévention.

    Formons un jour qui les éclaire,
    Mais ne les éblouiſſons pas.

    Lorsque Jean-Jacques prend la peine
D'examiner la Fable du Corbeau,
Je méconnais le divin la Fontaine (66),
Cependant du flatteur ſa Fable eſt le tableau.

Cette Ode à la fortune & que chacun admire,
En iſolant les vers, offre mille défauts (67):
La Harpe lui ravit ce charme qui m'attire,
    Et je n'y vois plus que des mots (68).

------

(66) Tout le monde connait les Ouvrages du célèbre Jean-Jacques, & peut relire cette critique.

(67) Quoi qu'il en ſoit, on la verra toujours avec les
mêmes yeux : la prévention eſt générale ; il eſt bien
naturel de ſe paſſionner pour une auſſi belle choſe !

(68) M. de la Harpe baiſſe ſans doute pavillon devant le Poëte qui a ſi juſtement mérité le nom de
grand : mais ſa critique fait voir qu'il n'y a rien de
parfait, & qu'il ne faut pas trop analyſer.

Je ne finirais pas, si je voulais décrire
Près de la Vérité tous les Auteurs rendus
Déserteurs imprudens de son aimable Em-
　　pire,
En ce jour solemnel surpris & confondus.

Tour-a-tour en silence auprès de l'Immor-
　　telle
Venaient ceux que citait l'aimable Déité ;
On lisait sur leur front plus ou moins de
　　gaieté ;
Ils formèrent bientôt un grand cercle autour
　　d'elle.

On vit en ce moment tomber à ses genoux
Les Écrivains frappés d'un repentir sin-
　　cère (69).
Quel spectacle enchanteur ! je vous pardonne
　　à tous,

---

(69) Ah ! le joli rêve ! que ne puis-je le voir réalisé!

Leur dit la Vérité : ne vivez plus en guerre,
  Relevez-vous : que vos embraſſemens
    Me témoignent votre tendreſſe,
Et me prouvent l'oubli de vos reſſenti-
    mens.
Elle dit : auſſi-tôt l'adorable Déeſſe
  Fut obéie. Alors entre leurs bras
    Voltaire & Fréron ſe preſſèrent (70) :
    Hume & Rouſſeau ſuivant leurs pas,
    Ravis tous deux s'entrelacèrent (71) ;
  La Harpe à Blin fit le plus doux accueil ;
Comme Clément parut honteux devant Vol-
    taire !
  Il lui jura déſormais de ſe taire,
Et Gilbert le fougueux ſe montra ſans or-
    gueil ;

---

(70) Peut-être reviendraient-ils tous les deux ſur leurs pas, s'il n'y avait point une certaine honte à ſe rétraƈter.

(71) Je conçois difficilement comment deux grands hommes qui ſe ſont aimés long-tems, peuvent finir par s'injurier & ſe déteſter ; mais on ne va pas contre les faits.

Palissot baisa tour-à-tour
Dorat, Fréron, Diderot & le Mière :
L'Abbé Sabatier en ce jour
Baisa la troupe toute entière (72).

ON vit pour jamais se former
Entre tous les Auteurs cette paix si tou-
chante
Qui seule peut les faire aimer :
La Vérité fut triomphante.

Tous les Littérateurs d'Apollon sont is-
sus,
Dit-elle, & n'ont pas l'avantage
D'avoir tous en égal partage
Et le génie & les vertus.
Ils sont fils d'Apollon, & conséquemment
frères,
Mais distingués par les talens,

---

(72) C'était bien naturel : il avait de l'ouvrage !

L'âge, l'esprit, le goût, les mœurs, les caractères,

Et Voltaire est le mieux doté de ses enfans(73).

(73) Ce n'est point une flatterie de ma part : il a travaillé dans tous les genres avec succès, & ses Ouvrages font traduits dans toutes les Langues.

F I N.

www.ingramcontent.com/pod-product-compliance
Lightning Source LLC
Chambersburg PA
CBHW061638060726
47597CB00005B/1941